KB010471

비자림 보물찾기

비자림 보물찾기

글·사진 이 을

이서원

시인의 말

슬프다 그런데 슬프다 말 못할 때
좋은데 좋다는 말을 조심해야 할 때
서서라도 당신을 만나는 지금
하늘을 보듯
꽃을 보는 마음

이 을

비자림 보물찾기

차례

시인의 말

1부

500원, 2018년도 가치 / 10
엿장수 가위 / 13
섬진강 천담구담 / 14
앵남리 실개천 / 17
소래염전 / 19
'고향을 잊지 말아다오' / 21
어머니 / 22
새벽 / 27
시간 / 29
해꽃 / 31
2018, 여름 태양 / 35
바람의 오케스트라 / 36
연둣빛 바람 / 39
휴가철 오후 / 40
눈금 / 43
정지라는 표시판 / 47
불꽃놀이 / 49
눈의 미학 / 51
눈이랍니다 / 52
눈과 나 / 54
부들 / 57

상사화 / 59

담쟁이덩굴 / 61

장미 / 63

사랑나무 / 65

6월의 벼 / 67

정자나무 / 68

비자림 보물찾기 / 75

여기는 / 76

이름 없이 죽은 자를 위한 시 / 79

아 다르고, 어 달라 / 82

시간강사 / 85

담양 / 86

2부

애마를 떠나 보내며 / 90

낙산 / 94

어릴 적 닭집의 기억으로 / 96

돼지 저금통 / 102

사진목록 / 105

1부

500원, 2018년도 가치

우린 잘도 잊어버린다
잊어버려서는 안 되는 것
잊어버려서 아쉬운 것
잊어서 좋은 것도…

시간이 익을수록 좋은 것이 있어
500원의 가치

아메리카노 커피	3,500원
양념치킨	15,000원
냉면	8,000원
김치찌개	7,000원
생수 500ml	650원
자동차 휘발유 1ℓ	1,700원
지하철 1구간 요금	1,250원
일반버스	1,200원
직행 좌석버스	2,400원
영화	10,000원
최저시급	7,530원

적고 보니 500원으로 살 수 있는 것이 없네
시간이 지나면 행복한 기억이 되겠지

엿장수 가위

온 동네 요란하다

챙~ 챙~

생긴 것은 분명 가위인데
아무것도 자르지 못하는 가위
정녕 너는 가위더냐? 징이더냐?

그렇다
너는 내 가슴팍 가난을
달콤하게 휘가르는 가위

섬진강 천담구담

목욕하고
수영하고
비 오면 샤워하고…

아이들 등에 태워
시냇물 노니는 산놀이터 징검다리
이름 없는 바위들
이름을 붙여주마
석등
연꽃
불탑
천하대장군
지하여장군
부지깽이
쇳대

부드러운 속살이 드러난 곳
그곳엔 요강바위

산줄기 양쪽으로
굽이굽이 어디선가 흐르는 눈물
소리 없이 흐른다

꽃 처녀
숲 처녀
선홍빛 속살까지 슬며시 보여준다
한겨울 눈발
솜털처럼 날리면
시집가기 전날 밤
사악~사악~
하이얀 속치마

앵남리 실개천

아이들이 놀고 있다
새털구름 쫓아 앵남리 실개천

물 따라 앞서가는 두 아이를 바라보는 아이야
친구가 널 따돌린 거니?
꼬물꼬물 두 손을 모으고
방금 했던 말을 후회하고 있니?
텅벙텅벙 뛰어가 별일 아닌 것처럼 어울려 버릴까?

지금 이 아이에게 개울과 세상의 크기는 별 차이가 없다

그저 매미 소리
미루나무 이파리 바람에 부딪히는 소리
그런 소리에 숨죽이고 흐르는 물소리
기차도
자동차도
멈추듯 지나간다

소래염전

태양과 바다가 만나는 곳
그사이 바람이 춤추고
네모난 거울은 하늘을 비추었지

훑어도 훑어내도 철없이 내어주고
갑자기 내린 비에 수줍어하던 너
그러나
습관처럼 모든 걸 말려야 하는 운명

뒤늦게 찾아온
어줍은 내 사랑에도
애써 나문재 꽃을 건네주는구나

훑어도 훑어내도 철없이 내어주고
옥구슬 송글송글 생겨나면
태양과 비가 서로 시샘하던 곳
이제 침묵의 소리로 나를 감싸는구나

'고향을 잊지 말아다오'

얼마나 많은 이야기가 오갔을까?
오랜 시간 너의 기다림
흘러내린 빗물이 대답하고 있구나

눈물을 닮은 바위여
그것만으로도 충분하거늘
너를 뒤돌아보고 또 보고
그렇게 잊지 않겠다고 다짐을 했건만
떠나온 발길 신호등 한 번이면 기억이 깜박깜박
두 번이 되기 전에 나는 이미 도시인(都市人)

오랜만에 사진을 뒤적거리다가
널 보고 또 본다
이제 내가 널 도시로
책장 사이로 옮겨다 주마

두 시인의 마음속으로

어머니

슬픔과 기쁨의 영원한 기억체
켜켜이 쌓여있는 회한이 조금씩 떨어져 나가고
한없이 가벼운 몸은
움직일 수 없는 날갯짓으로 퍼덕입니다
소리 없는 외마디는
공명처럼 떠나간 자식을 향해 울리고…

하루살이가 얼굴을 스칩니다
부채는 그저 손에 들려있을 뿐
이제 조용히 구름을 바라봅니다

들판의 꽃들
어느 날의 햇빛
더덩실 춤을 추며 나는 나비
갑작스러운 소나기
지나간 시절의 흔적입니다

이제 삶의 중력으로
한쪽은 며느리

또 한쪽은 지팡이의 부축을 받습니다

이 시대의 군상, 아버지…

새벽

온다

하얀 달 마주 보며 서서히 온다
누구도 눈치채지 못하게
태양을 깨운다
끝없이 조용하다

오래된 나무와 소리 없이 대화를 나누고
아무도 가지 않은 길을 열어
오늘을 명령한다

안개는 고개 숙이고
송아지가 질러 놓은 소똥 냄새
멀리 어미 소 울음소리와 함께
온다

시간

여전히 높은 하늘 목련꽃 여물 즈음
초등학교 뒷동산 계단은 몽당연필
언덕의 아카시아 종소리 크게 울린다

담장 넘어 아직도 목탁 소리
돌아보니 초라한 단청 빛깔 화려하고
주름진 어머니의 치마는 운동장을 가르고
나는 왜 그랬을까 그리운 엄마 품

마음은 그대로이건만
변한 것은 눈에 보이는 것

어렴풋이 보이는 그리운 얼굴들
잊히지 않는 기억
구름처럼 멈춰있고…

해꽃*

이곳저곳 들여다보는 너의 눈빛
마주치는 순간 너의 입맞춤
난 눈을 감아
이내 얄궂은 나비 구름은
너를 데리고 산으로 갔니? 들로 갔니?

이리로 갈까? 저리로 갈까?
들켜버린 내 마음
구름 사이 너는
한없이 춤을 추며 꽃을 뿌리네

너의 따스함
숨을 곳 없는 이곳에서 들켜버린 내 마음

*'햇살' 또는 '햇무리'의 방언

바다, 너를 그리워하다

2018, 여름 태양

석모도로 달려간다
그렇게 상처 주고 석모도로 달려간다

널 미워한 내가
그렇게도 미운가
붉은 심장 남긴 너는 누군데…
왜, 그리 급히 가는가
내가 미워 바다로 달려가는가
네 몸이 뜨거워 바다로 가는가

바로 내일이면
그리워할 터인데…
스스로 못 이겨 바다로 가는가

이제야 널 알아
돌아오면 한껏 사랑하리
가지 마라
마음껏 안아주리

바람의 오케스트라

홀연한 바람의 너울거림
춤결이라는 말이 맞구나

불던 바람
나무 기둥에 부딪혀
솟아오르는 듯
기어오르는 듯
또 다른 바람 한 줄기
나뭇잎 사이를 스치며
살짝 떨어지던 바람과 입맞춤

그렇게 산길을 미끄러지듯
구르듯
뒹굴듯
튕겨 오르며 내려오다가 바위를 만났구나

바윗결 사이사이 골골이
너와 숨바꼭질하다가
너는 이쪽으로

나는 저쪽으로
바람의 끝자락 어지러이 쫓아와
파도가 일렁이듯
물떼오리 몰려 날 듯
햇빛에 반짝이는 풀밭
넘실넘실 바람의 해화(諧和)

연둣빛 바람

한줄기 온바람 실바람 멀리서 실려 오면
고드름에 매달린 물방울 못내 아쉬운 듯
풋 풋 풋 대답한다

떨어지는 물방울은 세월의 속도
처마 밑에 이름 모를 새싹들
자기 이름 물어본다

연한 줄기들 바람맞이 날갯짓
한 겹 한 겹 연두색 칠해지고
바이올린 선율처럼 떨리는 이 꽃잎, 저 꽃잎
하이얀 나비는 신나는 지휘자

정미소 양철지붕 따듯해지면
바람 불어 노래하며 황톳빛 녹을 벗겨낸다
들판은 아직 보색대비
태양빛 불어오면 그때는 어울릴까?

휴가철 오후

떠나지 못하는 도시
이 골목
자동차는 건물 곁에 몸을 붙이고
그림자를 찾는다

카메라를 깨우니
조리개도 졸린 눈
7부 능선 눈을 감고
'찰 칵'

녹아내린 시멘트
태양빛 붉은 벽돌
흘러내리는 빗물을 샘물인 양 마시던 여린 나뭇잎

햇빛에 지쳤니?
사랑에 지쳤니?
콘크리트 도심 속
이 골목에
나뿐만이 아니네

지친 녀석들

눈금

오로지 며칠을 위해 줄을 긋고 있다
널 기억하거나 볼 날도 별로 없다

어느 해 장맛비
기억 속 흔적을 남기는 태풍과 비바람
그 측정값

거대한 빗물이 찰랑찰랑
마치 목 밑에 찬 모습처럼
걱정을 불러일으키는
아나운서 목소리의 값

한 번씩 되살아나는 빗줄기 앞에서도
서서히 드러내는 빗금
그 안도감의 값

비가 오니 신이 났구나

정지라는 표시판

앵남역 가까운 곳
태양보다 가까이
정지라는 표지판조차 멈춰버렸다

아주 오랫동안 미동도 하지 않고
오직 햇빛과 달빛, 비바람에도
무표정하게 서 있다

가끔씩 다니는 기차
스치는 바람과 진동
흘러내린 흙 줄기로
그렇게 조금씩 고개가 넘어간다

정지
내일도 계속되는 정중동(靜中動)

불꽃놀이

불꽃이 꺼지며 어둠이 켜진다
부서지는 불꽃은 또 다른 불씨를 살리고
하늘엔 너의 미소

그대로 시간이 멈추면 불꽃이 아니겠지
커다란 불꽃이 터지면 기억들도 '펑펑'

가슴이 터진다

눈물로 불꽃은 꺼졌지만
다시 피어오르는 잔상
불꽃
넌 하늘을 나는 영원의 흔적

눈의 미학

한 송이 눈이 내려 나뭇가지에 부딪쳤다
또 한 송이 내려와 친구를 일으켜 세우고
세 번째 내리는 눈송이에 머리를 맞고 엉키어 굴러굴러
Y자 계곡에 처박힌다

끝없는 설해전술(雪海戰術)
눈송이들의 마지막 종착역-
그 아름다운 무덤

하늘에서 보면 완벽한 화이트
땅에서 보면 블랙 앤 화이트
눈들의 마지막 설화(雪畵)-
화가의 붓놀림이 이토록 아름다웠던가

끝없이 펼쳐지는 프랙털(fractal)
눈들이 그려내는 아름다운 슬픔을
우리는 즐거워한다

눈이랍니다

"솜이나 털과 비슷한가요?"
아니야
가볍고 하얀 솜과 비슷해
새털처럼 날아다니기도 하지만 보통은 내린다고 말해

"설탕이나 하얀 밀가루처럼 부드러운가요?"
아니야
그것도 아니야
달지 않아
밀가루보다 잘 뭉쳐지지만 만지면 녹아버려

"치즈나 소금처럼 녹나요?"
맞아
치즈나 소금처럼 녹기는 해
소금처럼 짜지 않아
차갑고 다져지면 미끄러워
그리고 하늘에서 내려와

"그럼, 천사인가요?"

천사?

·

·

·

응, 천사…

눈과 나

하이얀 눈
차라리 어머니 가슴처럼 따뜻하다

사진을 찍기 위한 바이오시계가
이미 전날 밤부터 작동되었다
나의 눈은 어김없이 녹색 LED 시계를 바라본다
아직 은세계는 빛이 없다
눈 오는 소리는 아주 가끔씩 지나가는 자동차 소리까지
빨아들인다

몇 번을 부엉이처럼 눈을 뜨고 시계로 눈을 돌린다
이제 몇십 분만 지나면 종소리가 울릴 것이다
가까이 있는 그 소리는 천둥소리
마음에 곱게 쌓인 눈까지 떨어뜨릴지 모른다

새벽이 다가오면 나는 나가야 한다
어머니를 만나러 나가야 한다
너무 이르지 않고
너무 늦지 않게 나가야 한다

눈 내리는 이 순간은 어머니처럼 따뜻한 품속
아이처럼 작은 걸음
대답이 없을까 궁금해하는 발걸음에도
어김없이 '뽀드득뽀드득'

부들

하늘을 향해 떠올라라
빛이여
맞아 주어라
바 람 아
바 람 아
홀씨를 실어 주어라

저 멀리까지 내 꿈은 날아가고
그림자 또한 사라졌다 나타나면
그곳에 뿌리를 내리리라
비가 오는 그날까지
기다리리라

상사화

내 모습은 눈물이에요
당신에 대한 사랑이에요
그래요
내 모습 부끄럽지 않아요
이젠 행복해요
내가 시들어 죽더라도
또 당신 위해 피어날 거예요
이 자리에서 당신을 기다릴 거예요

그땐 연한 잎
설핏한 몸짓으로 다른 풀들과 다름없었지
분수같이 비가 내리고 잠잠해질 즈음
힘찬 물줄기를 거슬러 올라
갈구하듯 피어오르는 너를…
그 모습
긴 모가지
오히려 만질 수가 없구나

담쟁이덩굴

붙잡을 것 없어도
기필코 팔을 내밀어야 한다
기어서라도 만나러 가야 한다
온 벽을 오르고 올라
푸르디푸른 손짓을 한다

바람에 쓸리고
어둠에 지쳐도
햇볕에 다시 얼굴을 든다
온몸이 젖어도 그대를 감싸고
거친 태풍이 불어도 놓을 줄 모르네

끝내 담을 덮으리라
끝끝내 담을 넘으리라

얼굴은 붉어지고
수줍은 촉수가 너를 느끼며
붉은 열매는 또다시 해를 넘는다

장미

날 사랑하세요?
온몸으로 애향(愛香)을 뿌리고 이야기하지만
소리 내지 못하는 너의 이야기를 누가 알까?
그렇게 꽃잎은 또 속삭인다

당신을
사랑해요

사랑나무*

남자의 발걸음을 멈추게 했다는 나무
결국 내 걸음도 멈추게 하였습니다
조심스러운 눈으로 당신을 바라봅니다

행여나 들킬까 당신을 바라봅니다

조심스레 당신의 눈썹에 눈을 맞추고
기억의 테이프를 돌립니다

그러나
그 순간 파르르 떨리는 아주 조금의 바람 불어와
살짝 흔들려 버렸습니다

*자귀나무의 다른 표현
밤이되면 잎이 모아져서 합환목이라 하고, 소가 그 어린 잎을 잘 먹어서 소쌀밥나
무라고도 하며, 늦여름의 열매에서 딸깍딸깍하는 소리가 나서 여정수라고도 함.

6월의 벼

수많은 잎
어미 새 찾는
어린 새들의 주둥이처럼
하늘을 향해 입을 벌리고 있다

기다리다
기다리지 못 해
그 입술은 한껏 햇빛을 물고 있다

햇빛을 물고 있는 이유는
이제 먼 곳에서 불어올 태풍을 알고
비바람을 알고 있음이리라

정자나무

내 아버지의 아버지
그리고 그 아버지의 아버지
4~500년 전 이야기의 녹음기
넌 책 한 권 꽂혀 있지 않은 도서관
책 속 이야기는 사방에 펼쳐있고
넌 회전목마 없는 놀이동산
아무도 없는 빈 자리 개미들이 앞을 다투고

자손은 가지만큼 세상 끝 퍼져나가고
나는 다시 돌아와 너의 이야기를 듣는다
낮이면 참새, 꿩, 매미, 잠자리, 풍뎅이, 나비, 벌…
즐겁게 지저귀기도 하고
슬프게 울기도 하고
시끄러운 장날처럼 소리치며 이야기한다

듣고 있노라면
어느덧 하나둘 잠자리로 돌아가고
들쥐가 머리를 내밀자
부엉이가 무서운 이야기를 들려준다

나뭇결만큼이나 주름진 이야기
유성기처럼 음악이 흘러나오고
다시는 이해할 수 없는 슬픔을 녹여준다

인내는 동산 끝자락 그림자 되고
그래서 농부는 참아낼 수 있었다
구릿빛 얼굴 농사를 지으면서도
'내가 농사를 짓지 않으면 서울 사람 뭘 먹고 사나' 하시던
아버지
어려서는 이해하지 못하던 말씀도
이 나무 아래서는 졸리는 이야기

생각의 밑동

누가 포즈 취해 달라 했나

비자림 보물찾기

비자림 500번 나무 아래
500원 동전을 숨겨 두었어
찾기 어렵지 않아
너의 행복찾기

찾거든 500번 나무 근처에
또 다른
500원 동전을 살짝 감춰봐
또 다른 나를 위해

비자림에 갈 수 없어
찾지 못한다 하더라도
너의 마음은 이미 500원을 숨겨 두었잖아

보물은
그렇게 항상 가까이에 있어
네가 숨겨둔 것처럼

여기는

선과 점의 연속
지하와 땅
시간만 존재한다
그리고 그 존재는 시간을 핥아먹고 산다

누구나 안다고 생각하지만
더 알려고 하지 않아
알려줄 수 있는 자는 절대자

누구는 좋다고 하지만
더 고치려고 하지 않아
바꿀 수 있는 자는 순교자

나무 없는 탐욕의 숲
탐닉의 공간
살금살금 너를 갉아 먹는다

반딧불처럼 늦은 밤
일에 몰두하는 자는 가난하고

돌아다니는 자는 수상하다

지은 죄를 아는 자
지은 죄를 모르는 자
나는 모든 죄를 용서받을 수 있을까?

여기는 어디일까

이름 없이 죽은 자를 위한 시

너는 누구를 닮았느냐?
어린 풀들이 널 보듬고 있구나

얼마 동안 그렇게 누워 있었더냐?
개꽃이 나비를 부르건만
모두 어여쁜 꽃을 찾아 떠나네

석양이 지면 너의 얼굴빛은 하늘과 동색이 되고
네 곁에 잔돌들이 너의 친구
여우별이 너의 친구
강가에 잉어가 너의 친구
날지 못하는 벌레조차 너의 친구

그러하거늘
너는 오히려 따뜻한 몸으로
주변 풀들을 위로하는구나

괴롭힐 그 누구도 없으니 이제 편히 쉬어라

판매대,
내음
그리고 사람들

아 다르고, 어 달라

1.
아 다르고, 어 달라
오 다르고, 우 다르지
야 다르고, 여 달라
요 다르고, 유 달라서

아로 시작하는 아버지
어로 시작하면 어머니

오~ 감탄사
우~ 야유

야단법석
여유만만

요술같이 화려한 세상
유창한 말보다 따듯한 말을 해볼까

2.
하 다르고, 허 달라
호 다르고, 후 다르지
햐 다르고, 혀 달라
효 다르고, 휴 달라서

하로 시작하는 하하하
허로 시작하면 허어허

호~ 웃음소리
후~ 한숨

햐, 한겨울 입김 불어
혀끝에 닿던 아이스크림을 그려 보아

효도하면 효자 났네, 효녀 났네
휴하고 쉬어갈까

시간강사

삼천리, 햄버거, 삼시 세끼,
사동골,
생선구이, 사시나무, 사물놀이,
오십 줄, 오모가리,
오동나무, 오소리, 오미자

검은 기차에 몸을 실었더니
의지와 상관없이 흔들리는 세상

어느 핸 32시간 기차를 타고
올해는 특강 과목 달리기한다

하얗게, 파랗게 칠하고 싶어도
멀찍이 떨어지는 먹구름
그렇게 위로 삼아 흩어지는 그림자들

오늘은 형광등불 아래
주파수 타고 날아간다

담양

별뫼를 바라보며 불렀던 성산별곡
다시 한번 들춰보니 정철의 마음

배롱나무 총총히 가지를 뻗어 세상의 온갖 나비
개구리 노래 부른다
꽃 질 때면 자미 향기 원림에 흩날리고
연못 위에 공작 깃털 펼쳐진다

옷 색깔 중하더나
옷 모양 중하더냐
그림자를 쫓지 마라

어디선가 소스라히 칼바람 불어
대나무 숲속 별서에서
내로라하는 선비들 차 마시며 노래 부르네

가려진 북두칠성
면앙정
　　송강정

　　　　명옥현
　　　　　식영정
　　　소쇄원
　　　　　환벽당
　　　　　　독수정

토끼걸음 한달음 한두 마디 들어보자
　　석천 임억령
　　　서하당 김성원
　　　　송강 정철
　　　　　제봉 고경명…
끝없는 노래

여기는 대나무, 마음의 고향

2부

애마를 떠나 보내며

지구 둘레가 40,000km라고 하는데
너는 지구를 5바퀴 반을 더 돌았구나
그동안 큰 사고 없이 정말 고맙구나
고급 엔진 오일 한 번 넣어주지 못하고 헤어지려니
마음이 아프구나

주인님
그런 말씀 마세요
지금 휘발유도 없어서 배고파 죽겠어요

근데 너 그거 알아?
중부고속도로 달리다가 바닥에 엎드려서 코피 흘린 거?
그것도 4~50m 고가 상판에서 바람은 불고
다리는 흔들거리고…
그 위에서 날 팽개친 기분이 어땠어?

아이코, 주인님 말씀 마세요
90 나이 저를 끌고 140km로 달려서 그 정도면 다행이지요
쫓아오던 차들도 다 웃었잖아요?

나귀보고 말 앞에서 재주를 피우라니 젠들 방법이
있어야지요
게다가 요즘은 붉은 깃털의 경주마도 많은데
심장 통증에 '에라 모르겠다' 하고 '냅다' 라디에이터 뚜껑을
던져버렸지요

네가 두 번째인데 이번에도 마음이 아프다네
새 주인 잘 만나길 바라
그리고 길에서 보면 모른 체하지 말고…

끝까지 저만 탓하시네
주인님 좋은 차 타신다고 저 비웃지 마시고요
지금껏 그러셨던 것처럼 새 차에게도 잘해 주시고요
그리고 참, 마지막으로 세차 좀 해주세요

불꽃처럼

낙산

낙산은 동대문, 대학로 뒤편에서
혜화동으로 이어지는 산이다
어릴 적 양철로 된 계급장을 달고
나무로 만든 고무줄 총을 들고 군대놀이뿐만 아니라
사냥놀이로 다람쥐를 쫓아다니던 산이다
최근 알게 된 이야기로 다람쥐가
당시 우리나라 수출품목 중 하나였단다
지금은 파리 근교의 숲속 대장이 되었다나…
뭐 그런 방송을 본 적이 있는데
프랑스에서는 외래종으로 '밉상'인 모양이다

한가위 저녁이면 낙산 꼭대기에서 쥐불놀이하던 산이다
추석 전에 깡통을 하나 주워서
못으로 구멍을 '숭숭' 낸 후 나무 장작을 찾아 나섰다
지금 생각해보면 그 모습이 완전 '개구쟁이 각설이'다
저녁이 되면 꼭대기에 올라가 '휙휙' 소리 내 돌리며 놀았다
집에 돌아와 거울을 보니
까만 숯검정이 코밑을 지나고 있었다
혼나기도 많이 혼났지만,

불현듯 콧수염이 달린 어른이 되고 싶었다

겨울이면 개구쟁이의 설국
입장권 없는 스키장이며 썰매장이다
너 나 할 것 없이 허름한 썰매를 가지고 나왔다
그중에는 비닐포대도 있었다
바닥에 철삿줄을 두른 썰매는 고급이다
더 고급은 타다가 망가진 스케이트 날을 붙인 썰매다
지금 시각으로는 포르쉐 썰매에 해당한다고나 할까
모두의 눈길을 받으며 눈길을 내달렸다
정말 한번 타보고 싶었다
그런 그 아이 어느덧 커서 포르쉐를 타고 싶어 한다
에~잇!

아무튼 낙산(駱山)은
추억을 둘러메고 걷고 있는 낙타 같은 산이며,
낙산(樂山)이다
나의 두 번째 고향이다

어릴 적 닭집의 기억으로

어릴 적 동네 삼거리에 닭집이 있었다
당시에는 꽤나 신식의 닭 잡는 기계가 있었는데
두 겹으로 된 스테인리스 통으로 아래에선 훈김이 올라오는
찜통의 회전구조물이었던 같다

가족 누군가의 생일이거나 복날쯤이었다
저녁 무렵 우리 집 만찬에 올라올 닭을 사러 사람들이
붐비는 닭집으로 갔다
어머니가 지정한 닭은 주인 아주머니의 손가락 끝에
눈이 달려 있는지 머리는 하늘 쪽을 보고,
닭장 속에 팔뚝을 쓱 집어넣고,
한 번 휘저으면 여지없이 그 닭이 잡혀 나왔다
닭장 어느 곳에 숨어있다 하더라도 틀림없었다

그 닭은 구멍이 숭숭 나고 돌기가 있는
스테인리스 세탁통 같은 곳에 던져지고 뚜껑이 닫히면
'퉁탕퉁탕' 소리가 나다가 이내 잠잠해졌다
그리곤 채 1분도 안 되어 발가벗겨진 닭이 되어 나왔다
꺼내어진 닭은 수증기를 내뿜으며

도마 위에서 부리가 내쳐지고 목이 갈렸다
닭의 목심이 끝나는 몸통의 첫 부분에는 모래주머니가 들어
있었다
그것도 아주머니의 칼 솜씨에 여지없이 갈라졌는데
그 안에는 방금 먹은 듯한 모이와 모래들이 들어 있었다
몸이 양쪽으로 열리면 어머니의 닭 고르는 솜씨를
증명이라도 하듯 수많은 노란 알이 가득했다
'오송오송' 들어 있는 달걀이 되지 못한 노란 알을 보고
있노라면 굉장히 템포가 빠른 공포영화나 SF영화를 보는
느낌이 들었다
뒷머리가 시원 쌉싸름했다가 이내 피가 솟았다
그것은 청룡열차나 지금의 자이로드롭 보다 더하면
더했을 것이다

또한 배 안의 창자에는 누런 기름이 붙어 있었는데
이것은 아주 좋은 건강상태를 의미했다
내장을 얼기설기 빼내어 시멘트 바닥에 내친 후 문질러서
씻어내는데 아직도 하얀 김이 모락모락 났다
씻어낸 몸통에는 잘 둘러진 성곽처럼 하얀 뼈들이 늘어서

있었다

엄마 치마 뒤에 숨어서 눈망울을 크게 뜨고 빼꼼히 쳐다보는
조그만 아이를 상상해 보라
요즘 아이들이 이러한 모습을 본다면 아마도 기절하거나
다시는 닭고기를 먹지 않을 것이다
갑자기 왜 이 생각이 살아났을까?
이렇게 오랫동안 생생하게 기억에 남는 것은 어린 나이에
접한 충격 때문이리라
이러한 시설은 혐오심과 위생 문제로 도심에서는 볼 수가
없고 일정 도축시설을 갖추어야 한다
어쩌면 시골의 어느 마지막 남은 닭집에서나 볼 수 있을
것이다

우리나라 소비자의 대부분은 언제든 값싸게 고기를 먹게
되면서 무의식적으로 고기를 섭취하는 것이 아닐까?
한 번쯤 생각해볼 일이다
어느 순간부터 배고픔으로 식사한다기보다 습관적으로
식사를 한다

얻는다는 것은 누군가의 희생이 따른다

인간을 위해 희생된 그리고 앞으로도 희생될 가축을 위해

조그마한 '비(碑)'라도 세워주고 싶다

마음 어디엔가 있는 크리스마스 트리

돼지 저금통

돼지 저금통을 깼다
오랫동안 채워 온 돼지 저금통의 배를 가른 것이다
100원짜리, 50원짜리, 10원짜리, 500원짜리 동전들
그리고 여러 번 접어 구겨 넣었던
1,000원짜리 종이돈도 나왔다
모두 나왔나 싶어 흔들어 보았다

'투닥투닥'

마지막 남은 동전의 목소리였다
유난히 새하얀 500원 동전을 꺼냈다
이 동전을 넣을 때 기억이 어렴풋이 났다

한 손에 하얀 500원 동전과
또 한 손에는 배가 갈린 돼지 저금통이 쥐어진 것이다
오랫동안 모아 온 동전
허망한 모습의 돼지 저금통…
동전을 보니 돼지 저금통을 버릴 수가 없다
밑동이 터진 저금통을 테이프로 붙였다

책상 위에 돼지 저금통이 마치 수술대 위에 멀뚱히 놓인
것처럼 느껴졌다
생각에 잠겼다
이제 내 의지대로 동전을 넣고 쉽게 꺼낼 수 있게 된 것이다
이것은 내가 어른이 된 것을 의미했다
이전까지 돼지에게 내 의지가 맡겨진 채로 저금했다는 것을
깨달았다

돼지 저금통은 돈만 모아 준 것이 아니었다
'돈'을 안다는 것과 '의지'를 돌려받았다는 것은
내 인생에 있어서 판도라의 상자가 열린 것과 같은 것이었다

사진목록

14p
전라북도 순창군 동계면
어치리 섬진강 장군목
(2008)

17p
전라남도 화순군 화순읍
앵남리 (2008)

19p
경기도 시흥시 월곶
소래염전 (2008)

21p
경상북도 문경시 산북면
우곡리 (2008)

22p
경상남도 통영시 충렬1길
(2007)

24p
전라북도 임실군 덕치면
천담리 (2008)

27p
경상북도 문경시 산북면
석봉리 (2007)

31p
충청남도 안면도
기지포해변 (2008)

32p
경기도 강화도 (2007)

35p
서울시 용산구 한남동 (2018)

36p
전라북도 정읍시 산내면
종성리 (2008)

39p
경기도 광주시 남종면
수청리 (2006)

40p
서울시 서초구 신반포로 (2010)

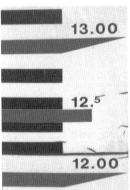

43p
서울시 성동구 옥수역 (2010)

44p
강원도 횡성군 서원면
옥계리 (2008)

47p
전라남도 화순군 화순읍
앵남리 (2008)

51p
경기도 분당구
중앙공원로 (2007)

54p
강원도 원주시 지정면
판대리 (2006)

57p
경기도 파주시 헤이리
(2007)

59p
전라남도 순천시 승주읍
선암사 (2007)

61p
경기도 양평군 용문면
(2008)

63p
장미 (2008)

65p
경상북도 울릉도 울릉읍
사동리 (2007)

67p
경상북도 문경시 산북면
석봉리 (2010)

68p
전라남도 담양군 창평면
일산리 (2008)

70p
경기도 과천시 막계동
청계산 (2010)

72p
강원도 인제군 기린면
진동리 (2013)

75p
제주특별자치도 제주시 구좌읍
비자숲길 (2018)

79p
전라북도 정읍시 산내면
종성리 (2008)

82p
서울시 강남구 논현동
영동시장 (2010)

85p
전라북도 황등면
(2011)

86p
전라남도 봉산면 면앙정
(2018)

90p
자동차 계기판 (2008)

92p
충청남도
태안군 안면읍
승언리 꽃지해수욕장
(2008)

94p
서울 종로구 창신동
(2007)

96p
서울 종로구 남대문시장
(2015)

100p
서울시 강남구 언주로
(2008)

비자림 보물찾기

1판 1쇄 발행		2019년 4월 12일
글·사진		이 을
펴낸이		고봉석
편집자		윤희경
펴낸곳		이서원
주소		경기도 성남시 분당구 중앙공원로20길 428-2503
전화		02-3444-9522
팩스		02-6499-1025
전자우편		books2030@naver.com
출판등록		2006년 6월 2일 제22-2935호
ISBN		979-11-89174-15-6

이 도서의 국립중앙도서관 출판예정도서목록(CIP)은 서지정보유통지원시스템 홈페이지(http://seoji.nl.go.kr)와
국가자료공동목록시스템(http://www.nl.go.kr/kolisnet)에서 이용하실 수 있습니다.
(CIP제어번호: CIP2019004131)